春野たんぽぽ詩集

『赤い表札』

『赤い表札』

目次

第Ⅰ部　赤い表札

第Ⅱ部　環状線

第Ⅰ部　赤い表札

赤い表札

田中
そう、私は田中

アスファルトに
ずーっと押さえつけられている
重力の仕業だ
コンクリートだけが見える
鳥の声が聞こえる
電車の振動が身体に伝わる
電車の振動
これはいつもと変わらない

ちょっと前のことだ

私にはしっかり景色があった
大木、花壇、田圃、小さな川
電車の音と振動
声が聞こえた
笑い声だ

喧嘩がはじまったのは
少し前のことだ
陶器が割れる
大きな何かが倒される
目の前で飼い犬が殺された
誰が殺したのかは分からない
殺傷者は昔あの庭を駆け回り
ランドセルを背負い
声が変わり
眼鏡を掛け出したあの子に似ていた

私は田中
田中以外になれるものはない

景色が変わった
目に映るのは
前と同じ景色だ
私を拾った人物を見る
殺傷者だった
目元があの子そっくりだ

血生臭い
動物の血の臭いと
人間の
親族の血の臭い
似た血の臭い

田中

家族を捨てる　赤い表札　2

表札がある
名字はもう霞んで
魚という字が上から書いてある

川の近くに我が家はあった
大きな川だったが
今はもう埋め立てられて
ない

お母さんは川が消えたとき
とても大きな声で笑った
お父さんはせせり泣いた
私は机の上で海の絵を描いていた

多くの人がこれで安心だと言った
我が家は二つの川に挟まれていた
ひとつが潰れれば
もうひとつは小さい川だ
氾濫の心配はない
そう思っていた

おじいちゃんは川が終わるとき
何度もひとりで手を合わせて
拝んでいた
目を閉じて静かに泣いていた

大雨が降っても洪水は起きない
私達家族は家を捨てて別の
街に行った
あれだけ騒ぎ立てて
町まで捨てた

今日
表札を取りに来たのは
私が家族を捨てたからだ

あれからこの町ではもうひとつの川で
氾濫が起きて多くの人が流された
町の老人達は呪いだと言った
おじさん達は行政の体たらくだと言った
若者はもういなかった

魚
表札は未だに外れない

冬の雨　赤い表札　3

冬の雨
私はひとり動物園にいる
ほとんどの動物が小屋の中にいる
歓声も叫声も聞こえない
動物園には私と
目の前の象しかいない

象はもう呼吸をしていない
息を吸うことも吐くことも
忘れてしまった
それだけ
死んだわけじゃあない
うふふと笑ってみる
飼育員はみんな黙って
珈琲を飲んでいる

ねえ、象
呼んでみると像が左耳を上げる
ぺちんという音がして下ろされる
私はね
ある家を出たの
私はね

小さな頃から淫乱だったの
だけどいつもたったひとりなの

呼吸は大事です
肺は動かさないと腐ります
心臓が朽ちます
でも象
あなたは生きています

私はコートの裾を股に擦りつけます
気持ちが良くなってきます
ねえ、象
見てください
こうやって私は小さい頃から
自分を慰めてきたの

持て囃された
あなたとは違う

象が呼吸をしはじめます

ラブホテル

1　思いやり

その場所は車でしか行けない
都会のように歩いて行く場所ではない
大人が連れて行くか
大人同士で行くか
それしか道はない

そういう場所だ

そこでは男女が睦み合う
もしくは搾取される
もしくは愛し合う
もしくは奪い合う
どんな表現だって出来る
営みの場

ある日少女は女友達に誘われた
いいバイトがあると言われた
その娘がしていることは
校内のごく一部で噂になっていた
しなくてもいいと少女は言われた
擦ればいいのだと

少女は笑ってしまった
どうして他人のために擦るだなんていう
思いやりを
見せなくてはいけないの
たかがお金のために

2　最果て

女の子がひとり田舎のラブホテルの前に
立っている
サラリーマン風の男が彼女を誘う
お金でしょ
お金が欲しいんでしょ
少女は首を横に振って
その場を走り去る
そんな映画を見た

映画の中のあの場所は
田舎だなんて呼べないよ
踏み切りにちゃんと遮断機がある
田舎には遮断機のない場所がまだあるよ
それを田舎だなんて呼んでもらっては
困るな

3　波止場

お金をおなかにこぼされた
ほらよ、とも言われず
こぼされた
女は数を数えて一枚足りないと言う
チェンジされなかっただけマシだろ

男はそのあと
女が働く店の怖い人たちに
腕を折られた

女は家に帰って保育園に上がった息子の
寝顔を見る
女の母親は女のにおいに気付いている
清掃員
それが女の肩書きだ

息子が育つまで少なくともあと十三年
老舗だと言われているデパートらしき物も
給食センターも
賃金は安く働く時間は長い
みんなため息をついている
死んだ人もいる

私はその人たちを見て
顔を歪めて唾を吐く
働けるだけマシだろう

田舎町

山がある
登ると猿がいる
猪もいる
最近では河原にまで猿が出る
近所の人はセロリをつくっている

冬になるとたくさんくれる
軽く洗って食べやすい大きさに切る
マヨネーズと味噌を混ぜて付けて食べる
しゃりっとぱりっの中間くらいの音がする

家の近くには田んぼがたくさんある
鷺が立っていたりする
スーパーの近くの川には魚が泳いでいる
食べられない

近所のおばさんは夏になると
トマトや茄子、きゅうりをたくさんくれる
ありのままの自然がある、と
都会の人は言う

私はこの町を出た

都会の野菜は不味かった
空気も水も身体に合わない
大きなネズミに茶色いゴキブリ

だけどもう
あそこには戻れない

いいところ、いいところ
生まれ育てば分かる
どういうところか

教科書

ここがポイントです
先生が言った
僕はビーカーという言葉を
クレヨンで塗り潰した

ママにもらったクレヨン
赤は小さくなっていく
ママと同じだ

僕は先生に聞いた
ママがどんどん小さくなります
先生の目が赤くなった

僕は先生を赤く塗り潰した

メモ

大きい声を出さないで
私はそう書いて
ノートに貼った

でも次の日もその次の日も
私は大きな声を出した
耳を塞いだって意味はない
頭から聞こえてくる

ぼやければ
眠ってしまえば
声は聞こえない

大きい声を出さないで
今度出したら
またネジを取ってやる

蛾

家からそこまでは
歩くと十二分かかる
夜になると蛙が家の玄関を這っている
今朝、お座敷に出た
どこから入ったのだろう

そこではパンを買ったりお惣菜を買ったりお弁当を買ったり歯ブラシを買ったり
毎日をそこに消費されている

他にすることが何もない
未だに不良がたむろしている
都会の人は「良い」と言う
ここは、渦だ

たむろ

夜中、みんなは

酒の味

爆音を鳴らすバイク
煙草の煙

夜中、僕は

ラジオ
カップラーメン
詩集

深夜のコンビニ
彼らと僕がすれ違う
共通しているのは
こんな田舎に縛られていること
自分だけの夜を上手く扱えないこと

蛙

この町では雨が降ったあと必ず
蛙の死体が散乱している
水っぽい臭いの中
内蔵を飛び出させた蛙が
道に散乱している

子どもの頃からそう
秋になれば
霜で凍ったとんぼ
この町は生き物ばかりいる

近くに病院はなく
あるのは田んぼばかり

まだしっぽの生えた蛙がまた
内蔵を飛び出させている

おじさん

毎日同じ時間の電車に乗る
同じおじさんの隣に座る
その席はいつも空いている
おじさんは新聞を読んでいる
おじさんとおじいさんの中間くらいの人

ある日
涙が不意に出た

電車の中
私の涙と鼻水は止まらなかった
おじさんがティッシュをくれた
おじさんはいつもの駅で降りて行った
私は自分が降りた駅でティッシュを捨てた

別の日
名前を呼ばれた
最寄駅から乗車したときだ
知らないおじさん
私は
車両を変えて
次の駅で降りた
その日はそのまま帰った

もう二度とその車両には乗らなかった

観光地

五月になると道が混む
八月もそうだ
みんな水が張られた田んぼを
きれいだと言い
朝晩の涼しさに歓喜する

聞こえないのか
この音が

腫れ物は家から出られなかった
歌を歌って歩く
町を写真に写す
観光客は出来ること

私がするとおかしい、と言われる
いいところ
みんなそう言う

神社

お参りをする
神様に新年の挨拶をする
おはようございます、とだけ言ってみる
たくさんの屋台が犇めいている
牛タンの串焼きが人気で

長蛇の列を作っている
私と妹はわたあめを買う
祖父が好きなのだ

砂利を歩く
大きめの砂利だ
幼い子どもが神殿を覗く
誰がいるの
母親は
神様
と言う

おみくじは大吉だった
破って捨てる

苦手

火葬場
みんな笑っていた
久しぶりに会って話をしていた
私は一生懸命話すたびに
喉の奥の粘膜がひりついた
おなかがきゅーっと縮こまった

親戚はみんなひなびた顔
田舎の人特有の日に焼けた顔
農業をしていない人は少ない

おじいちゃんの友達に大叔母が言う
「おじちゃんとはどういうご関係で」

おじいちゃんの友達が
おじいちゃんとの思い出を語り始める
まるでどちらが大切にされていたかを
競い合っているみたい

採骨のご準備が整いました

私は火葬場に向かう
みんな神妙な面持ち
嘘つきたちめ
私は考える
おじいちゃんの骨はきっと太いのだろうな
おじいちゃんの焼かれた骨は
やっぱり立派だった

娘は今日も刃物にふれる

人混みが嫌いと娘が言う
父親は娘を世間から遠ざけようと
電車に乗ることも
買い物をすることもしなくていいと言う
テレビも割った
映画館も廃館にした

娘は本を読む
本は多くを娘に語りかける
父親は本の存在に気付かない

外に出れば
刃物を持った人間がたくさんいる

いつその刃が娘に向けられるか
父親にだって分からない
テレビだって映画だって
拳銃を持って撃ってくる

娘は本ばかり読んでいる
本は言う
お前は売女
お前は花畑
お前は引きこもり
お前はひとりぼっち

ある日、娘は
靴を履いた
靴を履いてドアをノックした
どうぞ、とは誰も言ってくれなかった

娘は本をぐっと握った
娘は振り向いて父親に言った
玄関を出た

電車の中の人を娘は見る
ジーンズを自分で買ってみる
女は馬鹿だと言うテレビを点ける
サスペンス映画を見た
娘が知っている景色も
知らない景色もあった

娘の腕や脚は切れた
時折
腹も胸も切れた
娘は笑ってばかりいた

父親も刃物を持っている
娘は知っている
自分も銃を持っている
娘は知っている

娘はひとりのアパートのベランダで
夜空を見ている
夜空の中にはいくつもの星がある
こちらを撃ってくる
娘は笑っている
星たちも笑っている

娘は今日も刃物にふれる

第Ⅱ部　環状線

環状線

大阪で人がたくさん乗る
京橋で人がたくさん降りる
鶴橋でも人は降りる
天王寺止まりの環状線に人は少ない

缶チューハイを持ったサラリーマン
日に焼けたショートカットの女子高生
みんな違う顔をしている

大阪の駅は夜
吐瀉物が落ちている
空き缶が転がっている
私もごみ箱に吐いたことがある

大阪は犬の糞が落ちている
田舎にも落ちている
言葉がきつく感じる

人の真顔も
人の笑顔も
同じに見える
都会と田舎の境界線
吐瀉物がひまわりに見える

舌打ち

電車で隣の女子高生が泣いている
車窓越しに見える景色で
必死に涙を拭っている
私は
ハンカチを渡すことも
声をかけることもしない

電車で隣のサラリーマンが
赤ん坊に舌打ちする
泣き声よりも
舌打ちが響く
鐘を打っている

目の見えない人が
点字版を頼りに歩く
白く長い棒が

黄色を叩く
私はただ見ている

階段から落ちたおばあさんが
頭から血を流して
駅員さんの
質問に答えている

私が言葉であなたが生まれた日を祝う
人生に足を踏み入れる
人の家の花壇に勝手に
水を与えれば怒られるだろう

見ている
じっと見ている
花を育てている人には

時期がある
肥料の時期
水やりの時期
雑草取りの時期
私が壊すことはしてはいけない
その人の時期がある

目を閉じて一度考える
陽が昇るのにも時間はある

私はあなたの時期を壊すことはしない
ただ見ている
ずっと
見ている

壊れ物

大阪府
二十六歳
街中の花弁を摘んで
街中にばら蒔いた

私は匣を持っている
匣の中には小さな猫がいて
話をする
匣から顔を出して
私に道順を教える

そちらに行けばパチンコ屋がある
あっちに行けば安い飲み屋がかる

こちらに行けば女を買える店がある

私は猫の話に興味が持てず
花弁ばかりを摘んでばら蒔いている
ただ
花を摘むときは一度
匣を地面に置かなくてはいけない
猫が逃げやしないか心配になる
猫は話す話題の割には
行儀が良く
匣から顔を出すばかりで逃げはしない

私がある日花弁を摘んでばら蒔いていると
猫がたんぽぽの綿毛を不器用に持ってきた
いつの間に匣から出たのか分からない
匣から出るまで知らなかったが

猫は足を引きずって二足歩行でやって来た
風が吹いて
たんぽぽの綿毛が一面に舞って行った

猫は匣に戻り
私に次の場所を指示した
私は猫を近くにいた人に渡した
この子はとても優秀な子です
あなたの役にきっとたちます
近くにいた人は
召集令状を渡す郵便局員のように
おめでとうございます
と言った

匣を地面に置くこともなくなって
私は自由に花を摘めるようになった

花弁が舞うことは綿毛以降一度もなかった

立ち飲み

日本酒を一合開けて
二合目に手を出す
隣でおじさんが泣いている

働く人がたくさんいた街
夜というものの中では
働く人は暮らせなかった
だから今この街は

とても静か

何を言っただろう
記憶が曖昧だ
三合目が少しこぼれる

文句

ひねった蛇口が
「やめとけ」と私に囁いた。
後ろを振り返れば
育つ最中の感情が
笑っている。

黒い線を重ねただけの絵を
たくさんの人が崇める。
蛇口が「みんなと一緒」と
声を高くあげる。
隣の人はひどく煙たそうな顔で
蛇口を見つめる。
同じ顔をしていると
二人の間に真珠のように
たおやかな玉が生まれた。
でも、要らないので
見なかったことにした。

不可思議な世間が
蛇口に物を言わせる。
私と隣の人の関係を

生産に変えれば、
世間も肯定の席に
移るらしい。

はんこを押すとなると
朱肉に口を挟まれるし、
認証の機械はシェルターみたいだ

道に落ちていたしけもくを交互に吸う。
身体がゆっくりと
粘着質のある液体に変わる
私は道路に吸われ、
隣の人は自販機に
吸われていく。

逢瀬はたぶん、

今の二人が好きなのだ。
だから、
逢瀬が愛想を振りまく間は
また、となりの人に会える、
と思う。

社交辞令

少なくとも、と言う人がいる
私の頭の中で阿波踊りを大勢が踊り出す
混乱しているわけではない

少なくとも、と言う人は

社会人十五年目の人で
もうまるっきり大人だから、と
言う

髭はたくわえていないけれど
自分は大人だと感じている
毎日満員電車に揺られる
人混みの中で揉みくちゃにされて
それでも会社に行く自分を
少年時代と重ねたりする

赤トンボの大群
段ボールで作った秘密基地
思い出すたびに
少なくとも、と言う人は
あの頃に戻りたいと思う

少なくとも、と言う人の目は変わっていない
耳も口も鼻も同じ
笑い方も変わっていない
すり減ったと誰かに言われて
その人は舌打ちを繰り返す

その人は週に一度子どもと遊ぶ
奥さんはその間
洗濯をして食器を洗う
その人と子どもが帰って来る
片付けられた部屋は簡単に汚れる
その人は自分の書斎にこもる

少なくとも、と言う人は
自分の子どもが描いた

自画像を見る
歪んだその線
ずれた位置にある目
無邪気だと笑っている

だけどその人の子どもは
同級生の女の子にブス、と言う
友達とつるんで
ひとりの男の子のリコーダーを上履きで踏んで
舐めろ、と命令する
無邪気だ

その人は空き缶を拾ってごみ箱に捨てる
奥さんに暴力を振るわない
奥さんは美人
その人はある程度仕事が出来る

部下に先輩はいいっすよねと言われる

地球が回っている
私の頭の中では阿波踊りが踊られている
その人が何かをずっと話している
私の耳の中では何故かソーラン節が流れている

ひとりにしないで

うつろうはずのものが
変化しなくなる

悲しみは食べられる

だけど
切なさを
噛み砕けるほど
上手くはない

ある日
苦味に出会った
苦味は苦痛になりたくて
私は切なさに
焦がれていた

お互いを見つめると
とても似ているようで
違う物体だった

私は仕方ないから

苦味の吐き出す
切ない液体を
口に含み
ごくりと飲み込む
苦味は
とてもやるせない顔で
笑う

何日か経って
私と苦味の間に
純情が出来た
私はいつの間にか
切なさになっていて
苦味だけが
苦味のまま
苦痛に焦がれていた

嫌になってしまう
純情などは
この世でいちばんいらないものだ

純情は頭で考えず
感覚で物を言うので
私はいつも
反論出来ない

「苦味が好きなのでしょう」

純情はそう言って
私にこうも言う

「私はどうなるの」

朝を迎えると
苦味が起きて来て
純情が眠る

純情は眩しい
だから
朝になって
痛みを与える陽が照ると
自分の身に跳ね返る光で
他人を傷つける
純情はそれを嫌い
陽があるうちは
外に出ようとしない

私達はまるで

終末を迎えたあとのように
穏やかに生き
はじまるときのように
内心に焦りを抱えている

どうすればいいのか

そんなとき
苦味が苦痛になった

苦味は今までの
優しい顔を捨てて
悲しい顔をするようになった

私は
悲しみを食べて生きている

私は
噛み砕ける物は
どうでもいい

「頃合いかな」

苦痛がそう言って
私は純場を連れて
部屋を出て行く

でも
儚い純情は
陽に焼かれて
死んでしまった

また新しい苦味を探せるほど

私は苦味が出した液体を
忘れられない

「ひとりにしないで」

純情に吐いた言葉が
苦味に響いて
苦痛になったはずの
苦味が切ない顔で
私を見る

「夢は叶わないのかな」

私は地面にこぼれた
純情を掬い取って
飲み込む

「またおいで」

催促だけして
私は、やるせない顔した
苦味と
手をつないで歩く

私は切ないになったままだ

無音のあと

そこらへんに

自生している
たんぽぽ全員の
名前を呼びたかった

こだまのように
なるはずだから

ビルの隙間に落下したとき、
アスファルトに
耳をぴったり付けても
何も聞こえなかった
誰も私の衝撃に
答えてはくれなかった

私は街中の浮浪者
忘れられる幸福が欲しい

最後には
宙ぶらりんの
蜘蛛の糸みたいな
この存在
刑事が
私を見て顔を歪めている

今はもう声が音にならない
今はもう姿が形にならない

だけど私は今やっと、
ひとりの男に
嫌われた

後戻り

環状線は回るからと
言われた
当分戻れない
天王寺駅を
見れば
ここで待てと
つながれた犬のような顔で
私が手を振っている
方向を誤ったあなたの顔は
疲れ切って、
死人の顔色より
青ざめている。

セメントみたいな空
見つめれば
見つめるほど
あなたの顔色と
交換してみては
どうだろうと
考えてしまう。

もしも
本当に誰かが誰かを
殺したら。
身体だけでなく
痕跡も、
記憶も、
骨も、
全部なかったことにしたら。

輪廻なんてものも
切断出来たら、
あなたは
喜ぶのだろうか。

このまま、
電車が
衝突事故でも
起こしたら、
あのホームに
残して来た
あの子の役目は
一体誰が
引き継ぐの
私はこんなところで
あなたと

すべてを終わらすなんて
ごめんだ

あなたの顔を
彫刻にして
駅に飾ればいい
みんなきっと、
鏡と間違えるから。

疲弊、疲弊、疲弊。
あなたの人生なんて
千切ってあげないよ
そんな罪を
背負う理由なんて
私には
ひとつもないから。

終電

瞬間の密度が高い夜
器用そうな手に
凍える思惑の指先を
絡ませる
嘘がすぐ近くで
白い息を吐いている

蜃気楼

ドーナツの真ん中に
カフェオレを注いで、
泥水で出来た湖を作った
湖で泳いでいると、
髪を編んだたおやかな男が
こちらを見ている
湖から這い上がると、
その男が
尊いという教えをくれた
私はうんざりした
白昼夢に踊らされる午後
店の中に戻ると、
今度は十字架に架けられた男が
有難い終焉を耳打ちした
面倒だと思った
現実に嘲られる午後

他の誰かが見ない物は
見たくない
他の誰かが聞かないことは
聞きたくない
もしあの世があるのなら、
私はこの世にあるものしか
今は見たくない

学校

ひとりでおままごとをする人は
さみしいんだって

それなら私の目の前で
窓の外をぼんやり見つめていた
あなたも
おままごとをしていたのだろう

お嫁さんは習い事に夢中で
子どもは赤レンジャー。
あなたの近くにいた私の手には
どうやら、
スコップさえなかったらしい
だからあなたは
私の手にお茶碗をのせて
ごはんをよそった。
「今日のおかずは肉じゃが」
椅子取りゲームにさえ
入れてもらえない私だから

進んでその遊びに参加した。

コウノトリが
あなたとお嫁さんの間に
新しい赤ちゃんを
落として行った。

あなたからは
おままごとの仕方を
教わりました。

それだけです

花束

停留所でもらった花束は
ゴールネットを揺らす要領で
道路に蹴り捨てた
花束はひき逃げにあい、
その遺体は無残な物になった
弔われることもなく、
私にただ笑われる花束
目が合って私は
仲間ができたと思った

白い煙の向こう側には
田園風景とかいう
街の人間だけが崇め奉り、

結局、蹴り捨てて行く幻想が映る
私はそれを拾い集め
花束にしてライターに火をつける
花が燃える匂いを知っている人は
いるだろうか

花束は身体をちょん切られたまま
仮想の現実を生き続けている

光っては散る物

春を待ちわびる
人々の真ん中に立ち

大きな口で
雪を
受け取った

雪は大地に散らされた
つぼみを隠し、
太陽から
熱気を奪ってくれた

目隠しされるのと
目をつぶるのとは
違うけれど
目をつぶるのさえ
怖いときはいっそ
視界を閉ざされた方が
ずっといい

だけどこの雪も
いつかは消え去って
私はきっとまた
春に出会い
夏に燃やされ
秋に焦がれ
長い冬を待つのだろう

私は口から雪を
吹き出し
春を吸い込む準備をした

もうすぐ溶ける雪が
光を乱反射させている

いつか来るもの

川がある
流れは遅くも速くもない
少女が川で遊んでいる
私は何度か
川で遊んではいけない、と
少女に注意した
少女は私を睨みつけた

川に屑を誰かが捨てる
少女が怒っている

少女が川から離れることはない
いつか少女も川を渡る

だけど
それは私が川を渡ったあとだ

純情、B面

ワイシャツについた
ミートソースを
舐めて取るような背徳感
布は吸うと微かに味がして
あとは味のしないガムみたいな
退屈な時間が過ぎた
消せるわけがないのに
いつまでも吸い続ける

ただそれだけのこと

吐き出した物を掻き集めて
元に戻そうと飲み込む人は誠実だ
後悔という人間らしい感情がある

それは
普段遠くで私を見ている
でも何かあるたびに
凄まじい速度で寄って来る
あんなにいらないとかなぐり捨てたのに
あなたが何かを発するたびに
儚げな少女の姿で私に寄って来て
「撫でて」
と猫撫で声を出す

吐瀉物であり
汚物であり
私がいちばん必要ないと
捨てたかった物

まやかしや幻想なら
打ち消す術はいくらでも持っている
ただなぜかこれが現実だから
いつまでもいつまでも
絡まって取れない藻屑のように
私のそばで呼吸している

「もらってあげようか」
老婆が私に問いかける
私は答える

「残念なことにこれはいくつになっても
張り付いて取れず
あなたの胸の内にも
巣作っているのですよ」

帰宅困難者

正常に生きなさい
変化してしまった私は、
異常だと見なされ、
人類を追放された。
鳥になりたいと男が言う
人類でも動物でもない私は、

不自由な男を嘲笑い、
風に乗る
地球に生息する
たくさんの死骸
私同様に人類を追放された彼等
人類でも動物でもないことが
許せない彼等
名前を失うことは、
不幸かもしれない。
見えるようで見えないこの身体
帰る場所はないけれど、
帰りたい場所もなかった。

隣の女

アパートの隣の中国人の女が
料理をしている
フライパンを何かで
カンカン叩いている
中華を作っているのだ
私の部屋の窓からは
何ともいいにおいがしてくる
隣の女は馴れ馴れしいとよく聞く
親しくなると
家に遊びに来ると言う

私は窓際に置いたアロエを見る
見つけた当初より大きくなった

アロエの葉は
鮮やかな緑色をしている

隣からまたいいにおいがしてくる
これはチャーハンのにおいだ
女は料理上手だ
大きな中華鍋を持っている

私のアロエはいつも世間を見ている
十二月から二月頃不定期に咲く
芯のある花だ
他の植物は私のアロエを遠ざける
朱色を付けるアロエは
遠くも近くも見つめるが
自分の範囲は分かっている

この地域に出て来て二年経った
冬は凍えるほど寒くなく
夏はうだるように暑い
故郷とは大違いだ
私はもう少しここで暮らして
手垢にまみれ出したら
違う土地へ
向かうことにする

私が育った町は
おすそ分けと言って野菜を
近所の人が持ってくる田舎
世間話と言って
玄関で話をする
玄関では済まず居間に上がる
私はそこを出て

ここに来た

隣の化粧の厚い女は私を探す
私はそっと窓の横の壁に隠れて
いないことにする
派手な服を着た隣の女が
食べるか、と聞く

縁は切れるためにある

私は窓から顔を出して
くれるのか、と問う
黄色い歯を見せて女が笑う

明るい髪をひとつに縛った女は
こっちへ来るか、と手招きしてくる

遠くの工場地帯の煙突から煙が出ている
今日はゴミの日だった
私は
そっちに行く、と言って
窓を閉める

あとがき

2016年5月頃詩を書きはじめた。ある詩人に出会ったからだ。それまでも詩を書きたいとは思っていたが、きっかけが掴めなかった。そしてそもそも詩とは何か、ということが（今でも答えは見つかっていないが）分からなかった。

詩を書きはじめて二ヶ月程経った頃その詩人から「詩の中ではもっと悪い人になりなさい」と言われて書いてみた。それまでの私は特段、偽善者で綺麗事しか書けなかった。倫理に反すること、道徳に背くことをひどく恐れて、こんなこと書いてはいけないと自分が本当に書きたいものに蓋をしていた。

「悪い詩、悪い人」とは何なのか探るうちに、ひとつ、自分の中で書きたいことが見つかった。それは「生と死」だった。誰かを殺したいと思う気持ちも、自分を殺したいと思う気持ちも、善とか悪とか無しにしてしまえば考えることを否定することはできない。そういう考えになった。殺すということを実行に移せば罪になるが、詩の中で語る分にはいけないことではない。そこに気付くと自分の中でほっとする気持ちがあった。今まで否定し続けたことをひとつ肯定するとまるで自分が許されたような気持ちになった。

それから二年ほど経ち、またその詩人からに「感情を抑制してみなさい」と言われた。

私という人間はかなり自分勝手であるので、誰の意見も素直に聞き入れるわけではない。私がその詩人の意見に忠実なのはそれが私にとって特別な存在だからである。私を導いてくれた人であるからだ。

自分の感情を抑制するということは容易なことではなかった。私はそれまで書き殴るように物を書いてきたから。いくつもお題をもらって詩を書き、○と×だけを言ってもらった。その行為を繰り返すうちにひとつ、明確に分かったことがあった。それはそれまで書いていた感情のままの詩を自分が好きでなかったということだった。そして新しく書きはじめた「抑制した詩」というものの方が自分が書きたいと思う詩に近いような気がした。

そんな中、その詩人が主宰する合評会で、そこに参加している尊敬すべき何人かの詩人たちから「感情を抑制させた詩」が一定の評価を受けた。もちろん評価を受けることがすべてではないが、信頼する詩人が「新しい詩」を褒めてくれたことは私の中で自信という、それまでどうしても、持てなかったものを持つことにつながった。

初めての詩集『赤い表札』を出すにあたり、御多忙の中解説を引き受けてくださった岩崎正裕、栞文を頂戴した荒川純子、サリngROCKの各位に深く感謝したい。また、上手く話せず途惑っていた私を抵抗なく受け入れてくださった詩講座の諸先輩方々にもありがとうとこの場を借りて伝えたいと思う。私は、彼ら彼女らの背中をこれからも追いかけてゆきたいと願っている。そして丁寧に編集頂いた草原詩社編集部にも同様の感謝の言葉を記しておきたい。

安曇野に生まれた私は、このところ大阪の地に住んでいた。この詩集に収めた作品はすべてその時期に書かれたものである。そして今日私は東京へと引っ越してゆく。

私の詩がこれで完成だとは微塵も思っていない。これからだと思う。しかし「今後」という続かせていきたい道の中で今私が書いている詩は道標になると思っている。

二〇二〇年一月一六日

春野たんぽぽ

解説

岩崎 正裕

春野たんぽぽと出会ったのは、とある学校の教室であった。そう遠い過去のことではない。私は教壇におり、彼女は受講者であった。演劇の台本「戯曲」の授業である。ディスカッションを重ねる内に、互いの人となりも見えて来る。「詩を書いてます」と彼女は言った。「どんな詩を？」と返すと、「エロい詩です」と応えたと思う。そう記憶している。出版に際して解説を依頼され、読ませてもらったが「エロい」とひと括りに出来るものではなかった。もちろん教室での対話であったので、彼女自身が言葉を選んだ上で、わざと自嘲気味に言い放ったのだろう。『赤い表札』は、春野たんぽぽの魂の遍歴とも呼べる詩集である。折に触れ、この詩人の周辺を、彼女自身の言葉で聞き及んでいるので、適切な距離を保ちながら評することが出来るかいささか心許ない。しかし、第1部赤い表札にあるほとんどの詩に通低しているのは故郷への怨嗟であろう。都会人にとっての田舎は美化されるものであるが、保守的な人間関係と血縁に縛られた田舎は、自由を希求する春野にとっては残酷な現実でしかない。赤い表札2「家族を捨てる」で言及され、「表札は未だに外れない」と閉じられる表札とは、おそらく血縁のことなのだ。赤のイメージがゆっくり像を結ぶように思われる。コミュニティに疎外される自己を描きながら、

「ラブホテル」で春野は経済活動への拒否の姿勢も見せている。「たかがお金のために」「お金が欲しいんでしょ」「お金をおなかにこぼされた」。性と対置させて幾度も繰り返されるこの言葉に、詩人のイノセントが込められている。「たむろ」では、同郷に暮らす若者に「自分だけの夜を上手く扱えないこと」と共通項を見出だしていく。けれどもこの共感は、ここで暮らす違和を拭い去るものではなかった。やがて彼女は田舎を捨てて大阪に旅立つことになるのだ。「苦手」で描かれる祖父の葬儀風景は、後半に「おじいちゃんの骨はきっと太いのだろうな」という追慕の念に集約される。血縁への嫌悪だけではない何かが、詩人の中にあるのもまた確かなのだ。「田舎町」では、大阪に出たであろう春野が「都会の野菜は不味かった」と呟く。この詩の前半で故郷の野菜を描写するが、食べ方と食感を表す音だけで、味覚については記述がない。故郷の野菜は美味かったと断じて言いたくない心理の摩擦がここにあるだろう。

第2部環状線では、大阪に移り住んだ詩人の琴線に触れるものは変容する。第1部では故郷への違和を表明した詩人が、ここでは他者と私のことについて語り始める。「舌打ち」では、第1部にはなかった「あなた」という人称が用いられる。「私はあなたの時期を壊すことはしない」と語られる言葉に、詩人の他者との関係の密度の変化を見ることが出来る。次の「壊れ物」に於ける猫の存在は、また別の「あなた」に変換可能ではないだろうか。匣の中の猫は手元に置いておきたい何者かであって、それを手離したとき「私は自由に花弁を摘めるようになった」のである。花弁とは彼女が捕まえるべき詩境であろう。やがて詩人は「蜃気楼」の末尾に「もしあの世があるのなら、私はこの世にあるものしか今は見たくない」との宣言に至る。「今は」という留保付きながら、死への傾斜を抱えつつ詩作を続けて来た春野の大きな変化である。かと思えば「花束」では、他者からの祝福を「道路に蹴り捨て」、自身を花束に仮託しながら「仮想の現実を生き続けている」と結ぶ。都会に出て尚、孤高の魂は彷徨しているのであろう。「光っては散る物」とは雪である。大阪に雪が降ることは稀だから、これは詩人が怨嗟した故郷の風景とも受け取れる。「私は口から雪を吹き出し春を吸い込む準備をした」とある。この詩集にある言葉の中で、最も清々しい詩人の胸中を吐露したものであると私は信じたい。そして最後の「隣の女」では、隣に住む中国人の女との、あるかなきかのふれあいに際して「私はそこを出てここに来た」「違う土地に向かうことにする」と表明する。大きな物語の一旦の完結である。

冒頭に、この詩集は魂の遍歴であると書いたが、若い詩人、春野たんぽぽの遍歴はまだまだ続くようである。詩集『赤い表札』が多くの人の目に触れ、たくさんの孤独な精神と共鳴することを願わずにはいられない。

岩崎　正裕

赤い表札

二〇二〇年一二月一五日　第一刷発行

著者　春野たんぽぽ　Haruno Tampopo

発行者　草原詩社
京都府宇治市小倉町一一〇—五二　〒六一一—〇〇四二
発行所　株式会社 人間社
名古屋市千種区今池一—六—一三　〒四六四—〇八五〇
電話 〇五二（七三一）二一二一　FAX 〇五二（七三一）二一二二
[人間社営業部／受注センター]
名古屋市天白区井口一—一五〇四—一〇二　〒四六八—〇〇五二
電話 〇五二（八〇一）三一四四　FAX 〇五二（八〇一）三一四八
郵便振替〇〇八二〇—四—一五五四五
制作　岩佐 純子
表紙　K's Express
印刷所　株式会社 北斗プリント社

ISBN 978-4-908627-64-4　C0092　¥2000E
定価はカバーに表示してあります。